Edmundo e o mundo

Com aquarelas de LELIS

DUTRA

Edmundo e o mundo

Com aquarelas de LELIS

Revisão de Português:

Sônia Marques

2023

Copyright © 2023 Dutra
1ª Edição

Direção editorial: José Roberto Marinho

Edição revisada segundo o Novo Acordo Ortográfico da Língua Portuguesa

Dados Internacionais de Catalogação na publicação (CIP)
(Câmara Brasileira do Livro, SP, Brasil)

Dutra
Edmundo e o mundo / Dutra ; ilustrações Lelis. – São Paulo: Livraria da Física, 2023.

ISBN 978-65-5563-402-0

1. Literatura infantojuvenil I. Lelis. II. Título.

23-182406 CDD-028.5

Índices para catálogo sistemático:
1. Literatura infantil 028.5
2. Literatura infantojuvenil 028.5

Tábata Alves da Silva - Bibliotecária - CRB-8/9253

Todos os direitos reservados. Nenhuma parte desta obra poderá ser reproduzida sejam quais forem os meios empregados sem a permissão da Editora. Aos infratores aplicam-se as sanções previstas nos artigos 102, 104, 106 e 107 da Lei Nº 9.610, de 19 de fevereiro de 1998

Editora Livraria da Física
www.livrariadafisica.com.br
(11) 3815-8688 | Loja do Instituto de Física da USP
(11) 3936-3413 | Editora

Edmundo era um menino esperto e muito curioso que, apesar de ser bem novinho, já frequentava a escola. Ele aprendeu a ler e estava cheio de ideias novas.

De vez em quando, surpreendia sua mãe com algumas perguntas nem um pouco bobas.

- Mamãe! Como é que é o mundo?

- Redondo, ora bolas. Respondeu, apressada, a mãe do garoto.

- Redondo? Mas que esquisito?

Então, ele pensou: "deve ser redondo como um prato ou um disco, ou como a mesa que fica na sala de jantar".

Edmundo logo imaginou as pessoas, casas, bichos e árvores em cima de um disco. Pegou seus brinquedos e os espalhou pela mesa: bonecos, carrinhos e tudo mais.

A mãe, quando viu, perguntou:

- O que é isso?

- É o mundo mamãe!!!

Ela entrou na brincadeira e perguntou:

- E onde fica o mar?

O menino ficou pensativo. Se o mundo fosse um disco, o que aconteceria com a água do mar? Será que derramaria pelas beiradas ou será que teria uma parede para protegê-la?

Edmundo responde à sua mãe:

- Talvez lá longe, no fim do mundo, existam cachoeiras onde a água do mar está vazando...

... ou existem montanhas bem grandes para segurá-lo.

E a mãe continuou:

- E essa água vai cair onde? E esse disco, está em cima de quê?

Edmundo ficou mais pensativo ainda. Para onde será que iria a água do mar que derramasse? Será que cairia sem fim no meio do nada? E esse disco? Por que não está caindo também? Deve ter alguma coisa segurando-o ou será que flutua no ar?

Nesse momento, o menino imagina o mundo como um disco flutuando junto com outros mundos espalhados no ar. Cada mundo era como uma bandeja contendo terras, ilhas e seus próprios mares. De vez em quando, as ondas dos mares de cada mundo batiam na beirada da bandeja derramando águas em outro mundo que passava por perto.

Edmundo foi dormir sonhando com uma infinidade de mundos diferentes. Cada um com um tipo de bicho, de planta e de gente. Todos flutuando lentamente no ar e derramando suas águas nas nuvens dos outros mundos. Imaginou as nuvens se enchendo que nem uma esponja até derramar. Acordou apertado e correu ao banheiro para fazer xixi.

De manhã, Edmundo contou para seu pai sobre seu sonho e perguntou a ele:

- Pai, o que acontece se alguém cair da beirada do mundo?

O pai, apressado, tomando café, respondeu, antes de sair para o trabalho.

- O mundo não é redondo como um disco. É redondo como uma bola e as pessoas estão presas nessa grande bola.

Edmundo ficou encucado. Passou o dia pensando nisso. Na escola, viu os colegas jogando futebol e imaginou como as pessoas poderiam viver presas a uma bola.

Voltou para casa olhando para o céu, para as ruas, para as pessoas... Como é que tudo isso poderia estar numa bola?

    Ao chegar em casa, foi para o seu quarto e deitou-se em sua cama. Seus olhos percorreram o armário, a estante de brinquedos e pararam no aquário de Aderbal, seu peixinho.

    Aderbal vivia num aquário grande e arredondado que enfeitava o armário ao lado de sua cama. Havia também no aquário uma pequena ilha de brinquedo com um coqueiro.

O aquário era o mundo de Aderbal. Assim, Edmundo imaginou-se vivendo num mundo parecido com o de seu peixinho.

Viajando em seus pensamentos, o aquário crescia e ficava gigante.

Aderbal se multiplicava em peixes, baleias, conchas, polvos e todo tipo de ser que vive no mar.

E a ilha? Ela crescia, crescia e crescia, ...

... repartindo-se em novas ilhas e continentes, cada um com pessoas, casas, ruas, florestas, montanhas, bichos e rios.

A parte de cima se fechava em uma imensa esfera de vidro flutuando no meio do nada. Dentro da esfera, a água do aquário se tornava o oceano com suas ondas.

De repente, Edmundo se viu dentro de seu mundo: no alto da esfera de vidro, estavam presas as estrelas, os planetas, a Lua e o Sol. Enquanto a esfera girava, os astros também giravam, fazendo variar os dias, as noites e as estações do ano. Nesse instante, ouve seu irmão chegando da escola e corre até o quarto dele para conversarem.

Frederico era o irmão mais velho de Edmundo. Era muito esperto e adorava ciências. Lia muitos livros e passava muito tempo assistindo, em seu celular, a vídeos que falavam sobre os bichos, as plantas, o céu, a Lua e um monte de coisas legais que existem no mundo. Edmundo gostava muito do irmão e sempre conversavam sobre todas as coisas.

Edmundo já entra no quarto de Frederico puxando conversa:

- Fred! O aquário do Aderbal é igualzinho ao mundo, não é?

- Como assim? Perguntou Frederico.

Edmundo, então, conta seus pensamentos enquanto seu irmão ouve com atenção.

Ao final, Frederico comenta:

- Na verdade, quando a gente diz que o mundo é redondo, não é bem assim desse jeito que você falou.

- E como é então?

- O mundo é redondo como uma bola, mas a gente não vive do lado de dentro dessa bola. A gente vive do lado de fora!

Edmundo toma um susto.

- Do lado de fora? Como pode ser isso?

Para ilustrar, Frederico pega sua bola de futebol embaixo da cama e faz seus dedos andarem sobre ela como se fossem um boneco com pernas.

- Assim - disse Frederico.

A cabeça de Edmundo fervilhava de ideias... "Se o mundo é redondo e as pessoas ficam em cima dele, como é que o mar não escorre?" Lembrou-se de quando toma banho e uma parte da água gruda em seu corpo antes de se enxugar com a toalha. "Vai ver que o mundo é tão grande que a água do mar gruda nele do mesmo jeito", pensou. "Mas isso não ia dar certo, pois mesmo a água que gruda no corpo acaba escorrendo com o tempo ou secando", continuou. "Pode ser que a água fique só na parte de cima e que as montanhas não a deixam escorrer para baixo!". Essa ideia pareceu melhor para o garoto do que a primeira.

Agora, o mundo redondo de Edmundo era uma bola. As pessoas e os animais normais viviam na parte de cima dela, junto com as aves. Os pássaros que tentavam ir para o outro lado tinham que tomar muito cuidado para não ficarem cansados e caírem para fora do mundo. Embaixo do mundo também tinha outro tipo de gente e de bicho. Eles tinham os pés que grudavam no chão enquanto caminhavam. Frederico achou muito engraçado quando Edmundo contou para ele as suas ideias.

- Não é bem assim - disse Frederico. Vou explicar: traga o ímã que o vovô nos deu.

Edmundo foi na cômoda de seu irmão e pegou um velho ímã que seu avô havia lhes dado.

Eles, de vez em quando, pegavam esse ímã e saíam andando pela casa testando que tipo de coisas grudavam nele. Mas isso é outra história...

Também pegou algumas moedas que ficavam guardadas em um cofrinho, perto do Aderbal. E depois, entregou o ímã para Frederico.

- Veja só - disse o seu irmão segurando o ímã com uma das mãos e alguns clipes sobre uma mesa. Se eu aproximar o ímã, você percebe que as moedas sobem e se grudam nele?

- O mundo é um ímã? Edmundo perguntou admirado!

- Na verdade, o mundo é parecido com um ímã. Minha professora disse que essa força que o ímã faz não é igual a força que o mundo faz. Já percebeu que o ímã só atrai alguns tipos de metal?

- Sim.

- Pois é. Essa força que o ímã faz é chamada de força magnética.

- A Terra, nosso planeta – prosseguiu Frederico – não atrai somente alguns tipos de metais, ela atrai tudo. Essa força que atrai tudo na Terra é chamada de gravidade.

Edmundo ficou admirado. Olhou para a bola de futebol e se imaginou bem pequeno, passeando sobre ela. Indo de um lado para outro sem cair porque a própria bola o puxava para si, da mesma forma que o ímã puxa as moedas.

Frederico continuou:

- Veja bem a bola na minha mão. Imagine agora que temos algumas formigas andando nessa bola...

Edmundo interrompeu:

- É mesmo! Agora estou entendendo!

O mundo é redondo como uma bola.

As pessoas vivem do lado de fora dessa bola.

A gravidade atrai tudo para o centro do mundo.

As pessoas andam sobre o mundo de forma parecida com que as formigas andam numa bola de futebol!

Alguns dias depois, Edmundo foi à praia próxima à casa de seu avô.

Não parece que a Terra é redonda - pensou ele. Se a gente olha para longe, onde o mar encontra o céu, parece que é tudo reto.

Se fosse redondo não era para a gente ver uma curva?

E você o que acha? A resposta para essa pergunta está na próxima aventura de Edmundo!

Fim!